海軍主計大佐と十七歳の少年兵

戦後の本屋と私

川嶋定雄

JN090979

元就出版社

【海軍主計大佐と十七歳の少年兵／目次】

手繰《たぐ》り寄せる歴史との繋《つな》がり

父川嶋金蔵は、十九世紀末の明治三十二（一八九九）年、母みねは、二十世紀初頭の明治三十三（一九〇〇）年の生まれ、父母の誕生日は一年違いの、共に九月二十八日である。

その三男定雄（私・筆者）は昭和二（一九二七）年に生まれた。

然らば過ぎし明治四十五年から大正十五年までで六十年、つまり私の生まれる六十年前は江戸時代ということになる。

因みに母の父（私の祖父）、田中末吉は文久二（一八六二）年の生まれで、古希（七十歳）の祝いで、当時三歳の私（定雄）を抱き上げてくれたと聞いている。

文久二年は坂下門外の変、和宮降嫁、生麦事件、尊王攘夷運動、高まる、とあり、祖父末吉が幕末維新を知っていたことに驚く！

軍拡、国威発揚、大国を目指して

幕末から明治までの半世紀で、欧米の進めた産業革命を必死に追いつき日清・日露の戦いに勝利した。

その結果、領土拡大、植民地支配を形成し、第一次世界大戦（一九一四年〜）も戦勝国側に列し、シベリア出兵、ドイツにも勝利し、一等国気分の日本。

日本の軍拡に一九三〇年、ロンドン海軍軍縮条約調印を余儀なくするも、大艦巨砲主義を目指しまっしぐら、国威発揚をスローガンに軍閥を形成してゆく。

私の生まれた昭和二年には金融恐慌、モラトリアム施行の混乱を生じ、同六年の満州事変、翌七年上海事変、私が小学校三年生の昭和十一年には二・二六事件、翌十二年日中戦争（支那事変）、十四年ノモンハン事件・第二次世界大戦と翌十五年、口独伊三国同盟で米英と敵対する結果となり、太平洋（大東亜）戦争勃発を余儀なくした。

昭和一六年十二月八日未明、真珠湾奇襲攻撃の成功に日本中が喝采し、全国津々浦々で奉祝旗行列、夜は提灯行列、戦勝祈願、そして出征兵士を送るたびに全校生徒が小旗を振って称えた。当時歌にも歌われた「♪千切れるほどに振った旗♪」。各自、日の丸の小旗を大切に持っていた。

当時と学童期が重なり、軍国少年はマインドコントロールに苛《さいな》まれ、四年後の悲惨な大敗北を予想できなかった。

海軍主計大佐と十七歳の少年兵

禮次海軍主計大佐

父の再従兄弟《またいとこ》に海軍大佐が東京白金に居《お》られる。ということは任官時の写真と、毎年元旦にくる年賀状で知るしかなく、当然お会いしたこともなく。

私の生家は本家とはいえ農家を営んでいる田舎には大佐は一度も立ち寄ったこともな

く、こちらから上京することも叶わず、必然的に交際も途絶え、忘れられた親戚であった。

そもそも大佐の先々代、重五郎（文政十一年生まれ）とは初代弥助の次男であり、若くして彦根藩宮大工の棟梁として帯刀を許され、彦根藩士芳川氏息女登美（天保六年九月生まれ）を娶るも降嫁のため、旧坂田郡山東町小田、真宗西勝寺恵勝の妹に入籍養女となって婚姻を果たすも。

万延元年、登城の大老井伊直弼が桜田門外で水戸浪士たちによって暗殺（桜田門外の変）。

その翌年、文久元年に重次郎（のち重五郎を襲名）が生まれる。

大老暗殺、藩主失墜で、その後の幕府、彦根藩の政治に重大な影響を及ぼし、十四代幼女の直憲の跡目相続でお家断絶を免れるも、十万石の減封を余儀なくした。

諸大名の筆頭を誇った彦根藩の栄光は地に落ち、城内の波乱、リストラによるが江戸に行くきっかけとなった。

勝海舟を慕って

重五郎の郷里、川並は近江商人・三方よしの、先駆者と言われた塚本定右衛門二代定次（文政八年）、次男正之と重五郎は文政十一年生まれの同年代で少年期より、隣家川島俊蔵師川並の「寺子屋」に学び出会う。

定次兄弟は、勝海舟（麟太郎）と親交が篤く、海舟晩年の回顧録『氷川清話』所蔵にあるように川並を訪ねている。次男同士の正之は重五郎の身の振り方を海舟に声を添えてくれたかと推察できる。

海舟は彦根藩家老岡本黄石とも親交があり、重五郎彦根藩宮大工登用に指示を仰いだと考えられる。また、重五郎自身が彦根城内で家老岡本黄石と接見があったと思われる。

禮次夫人菊代生前書簡に、

重五郎の江戸での住まいが江戸麻布小山町とあるも、三田小山町で同跡地は「海舟」軍艦奉行時の旧海軍兵器廠のあった場所で、海舟を慕い、青雲の志を抱いて、近江を後にし、海舟のお側に居住している。

慶応元年、海舟は氷川の屋敷で閑居するも、翌二年、軍艦奉行に復職している。重五郎の海軍省勤務も、海舟の影響と推察できる。

明治二十七年、重五郎の長男禮次が誕生する。芳川氏の娘登美は同三十七年没であるから、禮次十歳までの成長を見ている。

海舟は同三十二年、七十七歳でこの世を去っているので、禮次五歳で知っていたことになる。

菊代夫人書簡に、海軍省勤務の頃、病のため転地療養などで大変貧乏な時期もあったことも、チラッと耳に存じましたとある。

禮次は向学心旺盛で、就学年齢より早く飛び級で、攻玉社で学んで居り、三田小山町から攻玉社まで徒歩通学していた。

禮次、海軍経理学校三期生

大正経三期（十二月）少主計候補生海軍経理学校第三期（東京）とあり、既に本籍を東京に移し、禮次はエリート海軍士官を目指していた

昭和三年高等科学生卒業時に恩賜の銀時計を下賜されている。

左記は菊代夫人の書状（16〜17頁・参照）。

面白いと言えば語弊がありますが、昭和九年十一月十五日、呉海軍工廠より艦政本部に転勤の際、呉駅を発車の時、軍楽隊の演奏で送られたことで、前代未聞といわれました。通常は偉い方のお見送りの時と、決まっていたそうですから、禮次も驚いたと言っておりました。

終戦時は長崎県川棚という佐世保に属した魚雷工廠の会計部長主計大佐でした。従四位勲三等でございます。

田舎にありては私の父金蔵は五歳上の禮次の栄達を案じ、周囲の者にも語ることはなかった。

急に御淋しさを増し金木犀の香たゞよふ昨日今日
心に移し乍ら今日まで御返事も申上げませず失礼
御許し下さいませ
扨て折角の御申出も是非一寸御電話にて御会へ申上ました
通りにて何の手懸りも御座いません　只亡夫よりの口伝、
では彦根藩の宮大工の棟梁にて帯刀を許されてゐた
とか高祖妻なる人は彦根藩の家老の息女とかにて
昔の事故　坂田郡山東町小田（やないだ）の西勝寺に
養女として西勝寺より川崎宗五郎のもとに嫁しと過去
帳に誌してあり　住所は判りません　明治七年九月　四十七才
で他界　妻登美明治三十七年十月七十一才で他界といふ
ことで　東京へは何年に居住してゐたかは分りません
次代宗五郎は　麻布小山町に住んだやうに聞いており
ますが　協会館に勤めしてゐたやうですが病の為め　結
地摩養等の為め　大変気丈の性格もあったことゝも
崩
チラツと耳に残しました
祖父は文科が志望であったらしく　志望が叶えられて．

呉工廠の会計部長 主計大佐でした
昭和三年 高等科学生卒業の時恩賜の銀時計を
下賜されました 従四位 勲三等でございます

面白いと申せば語弊がありますが昭和九年十一月
十五日 呉海軍工廠より艦政本部に転勤の際
呉駅を発車の時 軍楽隊の演奏に送られたのを
です 前代未聞といわれました
普通偉い方の御見送りの時と決っているのだそう
ですから 礼状も書いた といっておりました

御期待に添えないで誠に御恥しい次第でございます
重ねて御詫び申上ます
素晴しいエッセイ集は完成心より祈り上ております

十月七日

川島菊代

川島宣雄様

上京、禮次大佐を訪れる

昭和十七年、戦時動員に応じ、東京の軍需工場、千代田精工株式会社は同郷の塚本定一郎経営。私は勤労学生として上京の機会を得、父から聞かされていた禮次大佐を訪ねるべく、案内状の地図を頼りに省線（JR）山手線恵比寿駅から東に坂の多い屋敷町を歩いた。旧芝白金三光町、夏の暑い昼下がり、道行く人も殆どおらず、ようやく近くにいる人に尋ねると、「大佐のお住まいですか」と。それでも当時としては木綿のワイシャツ姿で、私としては精一杯の身なりのはずであったが、汗の悪臭でもあったのか上から下へと眺められたのが照れ臭かった。

ところが生憎、禮次大佐は愛知県豊川海軍工廠会計部長として出向されていて不在であったが、夫人とご子息で銃後を守って東京に残っておられたのも、まだ東京は安泰であり、街往く人も「撃ちてし止まん」の勇ましさのみが叫ばれていた頃であった。

訪問するまでは不安と緊張で何と挨拶をしたか覚えていないが、心温かい歓待に接し、本当の親戚であることを確かめ、随分と長居をしてしまった記憶があり、忘れられない思い出になった。

海軍高官の東京での生活ぶりは、官舎ではあったが、玄関から廊下の両側の書棚には文豪の全集が揃って並び、シベリア出兵時に買い付けた北海（シベリア）の白熊の毛皮を廊下に敷き詰めた華麗な風景であったのを覚えている。

そして、その二年後の東京大空襲での灰塵を予想することはできなかった。禮次大佐は豊川海軍工廠大空襲の数日前に長崎県川棚に転勤していて難を免れる。

河和海軍航空隊に入隊

昭和十九年一月、私は原籍地受験のため帰省し、八日市小学校（国民学校）講堂にて憧れの海軍飛行科志望であったが、身体検査時の身長は一五四センチ以上とあり、一五〇センチに満たない小柄であったので、慌てて第一志望を整備科に、第二志望を飛行科に書き直して提出する。

同十月二十五日。河和海軍航空隊入隊の書状が届き学校、会社に関連手続きを済ませ、歓送会など生活の切り替え、希望に燃えていた。

十月九日帰省、決戦下の東京駅は東西の入り口に土嚢を築き、爆風除けの土嚢の上に銃座が置かれ、帝都防衛の物々しい風景を見る。旅行制限も厳しく、軍用列車優先の時代であった。

郷里に帰り入隊まで残り少ない日々を惜しみながら過ごした。

入隊当日は、地元の小学校（国民学校）の奉安殿前で歓送式があり、ちょうど同日、母校の訓導（教員）上原先生も召集で一緒にひな壇に並び、男子の本懐を味わった。

私が海軍志願をしたことを、父には話していなかったが、黙って遠路、隊門まで見届け案じてくれた。父は復路の電車がなく、駅で夜明けまで待ったことを後で知る。

定雄入隊前

入隊当日（十月二十五日）は関行男海軍大尉が神風特別攻撃隊（特攻隊）第一号の記念すべき日だったことも後で知る。

河和駅に降り、出迎えの水兵服（セーラー）姿の準教員、五つボタンの下士官、教班長の出迎えに、各自大型のトランクをさげ、肩に寄せ書き日章旗をか

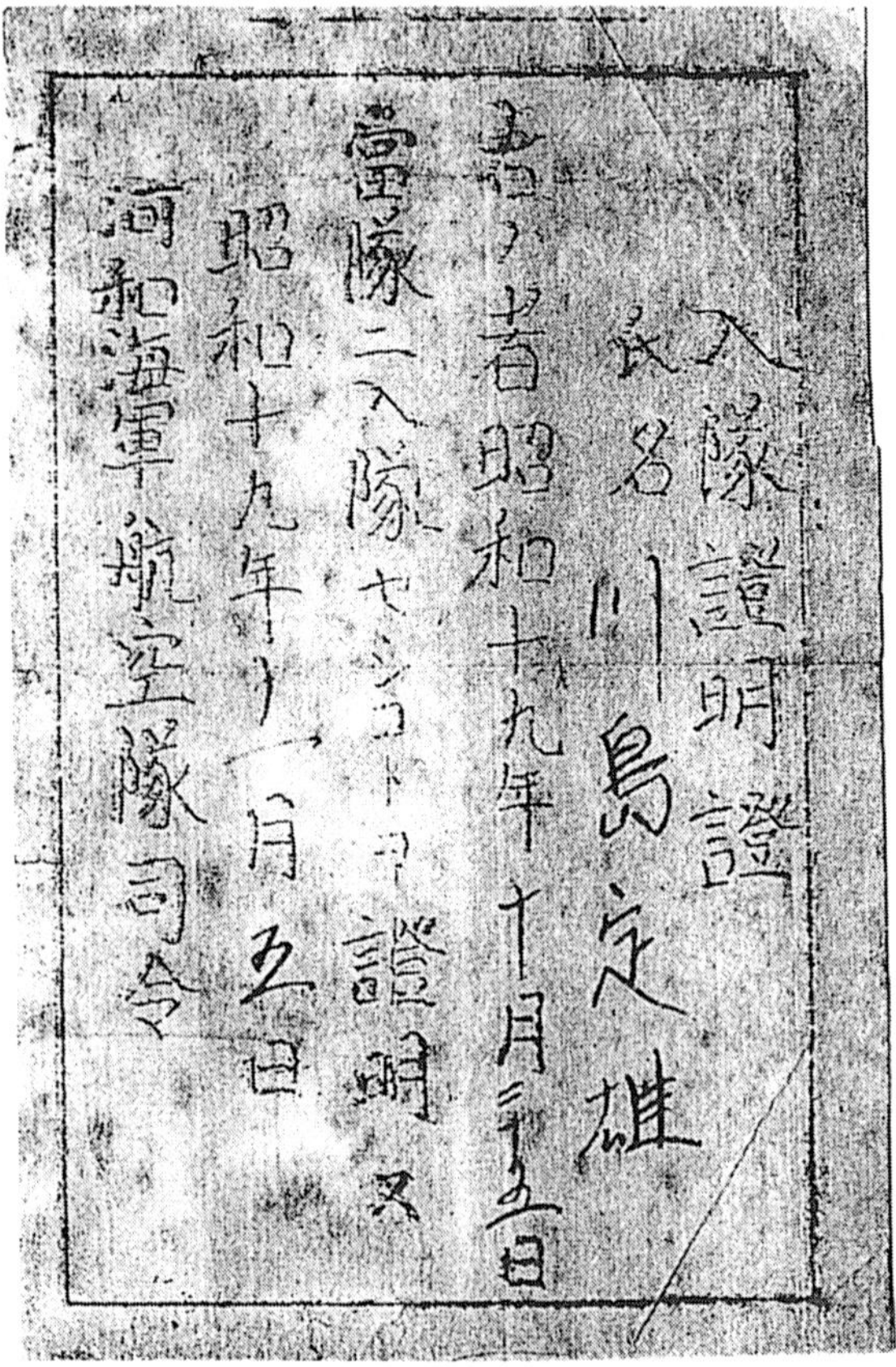
入隊證明證
氏名 川島定雄
右ノ者昭和十九年十月二十五日
當隊ニ入隊セシコトヲ證明ス
昭和十九年十一月五日
河和海軍航空隊司令

入隊証明證

け、隊列組んで航空隊まで桜並木、秋は枯葉の黄赤色のトンネルを二キロ程歩く。耳をつんざくエンジン音様の響き。隊門には歩哨が直立し、中を通り、先ず目に飛び込んだ号令台、横の立派な雄飛の松（雄松）が天を指す如く迎えてくれる。簡単な兵舎説明があり、分隊教班毎の居住区生活の説明、一般社会を「シャバ」と言い、シャバでない生活が始まる。

新兵の教育期間は二か月から一か月に短縮で、海軍生活を会得するのであるが。日課は、〇五〇〇（午前五時で、冬期は〇六三〇、午前六時三十分）総員起こしで始まり、二〇三〇（午後八時三十分）巡検終わりまで続き、艦上であれ、陸上であれ、軍艦旗の下、海軍固有のスケジュール通り。軍艦旗掲揚、君が代吹奏。

海軍体操から始まり温習終わりまで常に五分前、更には十五分前の心の準備と判断力を培わせることは有名であるが、今でも口ずさみ、心に残っている教えに、二人寄れば競争であり、三歩以上はすべて駆け足の精神であった。

居住区にありては、釣り床教練、甲板掃除と常に競争心を強いられ、組織に乱れや不始末などがあれば課業終了後、疲労困憊も構わず全員整列、罰直（制裁）・海軍軍人精神注入棒・丸太棒（バッター）で力任せの制裁に、恐怖に慄いた。

逆に役得な体験もあり、絵の描けるものを伍長室（海軍では伍長という階級はなく、先任上等兵曹から選ばれる名称）に集め、飛行機の小挿画（カット）、敬礼の姿の図などポスターを制作し、教務に出なくてもいい時は得意顔であったが、本職の絵かきや画学生には敵わず。

十二月、寒風吹きすさぶ野間射爆場で実弾射撃実習があり、始めて実弾発砲を体験する。二発命中率を競い合い新兵教育を終え、海軍一等整備兵。昇進。

第一一四期普通科飛行機整備術練習生

第一一四期普通科飛行機整備術練習生として「桜と錨」を付けて兵舎を変わるが、厳冬の河和空は寒風肌を刺し、凍傷で苦しむ練習生は重症患者として「休業札」を吊るし、見学をしていた。

食糧事情は海軍とて次第に逼迫し、平時の栄養価を満たすことは叶わず、海藻や具の少ない味噌汁に（河和汁の異名）となった。

医療の面でも、練習航空隊では小さな手術も困難で、右中指の瘭疽《ひょうそ》治療に麻酔薬もなく消毒液のみで生爪を引き抜き、術後の処置が悪く、今でも傷跡が癒えない。

練習教程に入り、専門知識を学ぶが航空用語も殆ど和名で、エンジンは「発動機」であり、各種ギアは「歯車」、スパークプラグは「点火栓」という具合に和名に拘りはなかったが。プロペラや始動時の符合スイッチ、発進時のＯＮ・ＯＦＦのように英文字やカタカナの併用も海軍は割合と合理的であった。

昭和二十年に入り、水上機布翼教程の頃、第二河和空（水上機練習航空隊）格納庫前の駐機所に向かう隊列行進中、士官詰所か、研究室風の壁面に「祝　ルーズベルト死亡」と大書してあったのも、戦時下の風景であった。

その頃、三河地震が発生し、滑走路やレンガの格納庫に亀裂が走った。立っていることができず、四つ這いを体験する。

二月の酷寒の日であった。巡検終わり、「煙草盆出せ」、明日《みょうにち》の日課予定表通りで、釣り床に入る直前、二、三人の練習生が「川嶋練習生、川嶋練習生！」と連呼して尋ねてきた。何事かと飛び出してみると、「日吉の出路《でっち》です。向かいの一一五期の出路金四郎です」と名乗り、「この度、僻地に転隊しますので郵便物も出せなくなりますので、これを使ってください」と、葉書五枚と煙草「誉」一箱を幸運にもいただいた。当時、私は十七歳未成年で、海軍とて煙草は手に入れにくく大変嬉しく、助かった。

出路金四郎は大正十三年生まれで、私の兄安雄は大正十四年の早生まれなので同学年。出路は好男子で評判。なお、美貌の妹と私が同級生で声も出せなかった。兄が私の居場所を出路に教えたと思う。

出路は三歳年長であるが、現役入隊の一一五期、私は志願入隊の一一四期なので、海軍では一期先輩ということになる。

海軍第十七突撃隊に派遣

戦局いよいよ緊急の度を深め、本土決戦大綱が発令され、予科練教育・練習生教程の打ち切り、教材の飛行機はもちろん、機材部品に至るまでかき集めて特攻に駆り出された。

先の一一五期の僻地とは、小名浜基地構築に入れ替わり、一一四期が第十七突撃隊派遣に希望者を募る。まず一人息子、長男を外し、他の希望者は一歩前に出て、小さな紙に希望確認を取る。先んじての希望者は「◎」、そうでない希望者「○」、どちらでもない者は無印によって採決をとった。

今回の派遣は出張の名目で第一種、第二種軍装、私物に至るも、ほとんど原隊に残したまま、第三種軍装での転隊。

○月○○日出発。小雨降る知多半島河和線河和駅より終点神宮前・熱田神宮にて戦勝祈願。熱田神宮は織田信長、桶狭間の戦いに戦勝祈願により寄進せし瓦土塁が延々と現存していた。

神宮前駅より軍用列車を連結し、東京経由常磐線泉駅まで一昼夜をかけ到着。泉駅からは小名浜まで鉄路はあったが、不通で歩いた。

小名浜の突端にあった水産学校を海軍が接収、校門跡に墨痕も鮮やかな「海軍嵐部隊」と立派な表札が吊るしてあった。到着した日は歓迎の為か、小名浜近海の鯖の水炊きに舌鼓を打つも、それが二、三日も続くと飽き飽きであった。

米艦隊が小名浜湾に上陸を想定し、特殊潜航艇「海龍」の特攻基地に展開、海軍嵐部隊第十七突撃隊は最北端であったが、順次北進、太平洋ベルト地帯にも展開された。海龍はSS金物と称し、金物は特殊潜航艇・人間魚雷等を表し、Sは回天、震洋などの名称で、SS海龍と呼ばれていた。海龍は魚雷発射帰投が目的で、海中を自由に走り回れる中央翼を持ち、水中の安定性に優れ、エンジンは故障の少ない自動車用ジーゼルエンジン一〇〇馬力を搭載、飛行機同様の操縦桿で、航空畑の乗員には好印象を与えた。

特殊潜航艇　海龍

小名浜港北側の絶壁洞窟を掘り、海龍格納庫構築から掘ったガラを滑走路にして、レールで海底に誘導し、敵艦艇に突入する想定でほぼ完成していて、残りの仕上げに懸命であった。

基地偽装と分散で、当初練習生は街の旅館「南海荘」に宿泊。先述の先発一一五期が宿泊して床は抜け、風呂の使用もできず、街の銭湯に入り娑婆の空気を味わうも束の間、基地保持に伴い急造の三角兵舎が断崖の凹地にひと夏のためか、開放的なオープン兵舎に移動する。

着任の基地司令吉留大佐の訓示は、「この海の向こうには米艦隊が、この海岸線を狙っている。難攻不落の基地を構築しなければならない。お前たち隊員は、一個の消耗品である。隊員の生命はこの司令に預けてくれ」といった内容であった。

また裏のお寺に白木の箱（遺骨箱）が用意してあるとも耳にしたが、当時の記憶に曖昧なところもあり、当時十七歳の隊員にはどう理解し、どう行動したかも今は定かでない。

やがて来る敵の上陸に備え、急遽、対戦車法、対空機銃と、予備士官分隊士に組み分けられ、対空機銃二十五ミリ砲、回転連双機銃、巡洋艦より設置、向角、距離、速度を計算、標準器を睨みセット、青年士官予備学生を分隊士とし、共に勉強し研究した茂呂分隊士がいた。

その頃、砂浜に円陣を組んでの軍歌演習に予備学生から歌いだされた　♪貴様と俺とは同期の桜〜♪　が懐かしく思い出される。

梅雨明けの遅い七月初旬、小雨に黒く濡れた海龍が横須賀より鉄路基地に到着、その真紺の司令塔には色鮮やかな「菊水」のマークが描かれ、菊水作戦による勇姿は回天を凌ぐスマートさであった。

海龍の到着と同時に基地内の出入りは厳重を極め、本部も洞窟に移動、各ゲートに歩哨が誰何《すいか》し、丘の頂にも歩哨を立て、隊員の外出はもちろん郵便物の差出も禁止され、メインゲートを出入りする隊員も「合言葉」を使っていたと思う。

基地隊員に「七生報国」の鉢巻と菊水マークのワッペンを取り付けることにより、士気の高揚には効果的ではあったが、新たな悲壮感を覚えた。

八月上旬、米艦載機の偵察に続いて、二機のペアでの襲撃が数度に亘り超低空より機銃掃射を受けるも応戦の許可もなく、退避を繰り返すのみであった。

人間社会の極限状態を知ってか、狂い鳴くかの如く蝉しぐれの暑い八月十五日、「課業初め」の基地内放送はなく、伝令伝達であったと思うが、一一・三〇、各分隊第三倉庫前に総員集合せよ、と二度ほど伝達があり、玉音放送を拝聴するのであるが、第三倉庫とは「ガンルーム（士官室）」風の洞窟であり、卓上扇風機がゆっくりと回っていた。

洞窟から掘り出したガラが前の棚田をすっかり埋め尽くしたガラの上に整列、一二・〇〇、雑音の多いラジオを聞くも解せず、本土決戦のお言葉かと各人勝手に想像するも、解散後、分隊士より停戦のお言葉であることを聞き、同時に広島、長崎への新型爆弾投下を知らされ放心状態で過ごした日を覚えている。

翌早朝、一艇の海龍が岸壁を離れたことに気づいた隊員は、両岸に並び「帽振れ」を繰り返し「海ゆかば」を口ずさんでいた。その艇は帰投することなく武装解除前に姿を消したか、自爆行であったか確かめることもなかった。

米艦隊の上陸もなく数日後、武装解除の日が訪れるが、それに先立ち書類及び関係書物を焼却すべし、の伝達で延々と炎は燃え続けていた。離隊の日までかなりの日数はあったが、復員作業や残務整理と各セクションで行なわれていたようだが、我々隊員は手持ちぶさたの身で武装解除も関係なく離隊式を待つばかりで、淡々とした日課に午睡の時間が許され、酒保開け、夜は宴会に明け暮れていた。離隊式前日、宴会の最中に、お名前は失念したが某海軍大尉飛行長（台湾帰りとかの）が飛び込み、声を張り上げ、「彼《か》のヒットラーは第一次世界大戦敗北から十年にして再武装した。我が日本は必ず五年で再武装して再会しようではないか」と叫んでいた。

離隊式後、海軍上等整備兵。

小名浜の秋風は早く八月下旬、復員許可書と退職金支給伝票が渡され、七十七銀行小名浜支店窓口で支給された。軍人退職金は一枚の先付小切手であり、後日、小切手はＧＨＱの司令により軍票に付き国庫返納、新円切り替え後、無効となる。さらば小名浜よ、と各々帰省先に基地を後にした海軍一色の小名浜に昔日の漁港に戻る日を願った。

荒廃の東京を経由、東海道線ホームからの焼土と化した東京。下町両国国技館のみが望めた。

途中、原隊河和空に残した荷物が気になるも、原隊空襲で焼失か、切符もなく断念せざるを得なかった。列車は復員者や移動の乗客でごった返しの混雑で、夜明け近くの能登川駅に降り立った、早朝で車もなく連絡もできず一里四キロメートルの道を四〇キログラムの衣嚢を休んでは担ぎ、夢中で歩いた。

少年期よりすべてが戦中であった生活に終着の明かりを見た思いであった。

戦後始めて禮次（元大佐）との出会い

伯父禮次大佐は佐世保川棚魚雷工廠会計部長で終戦を迎えるも、戦犯に問われ消息不明であったが、戦後二十年にして東京でお会いできたことは再度の感激を覚えた。それは軍装の大佐姿ではなく老齢な文人、時には好々爺を思わせる老紳士であった。

禮次氏の父、「重五郎五十年忌を東京麻布専光寺で営むので親しく語り合いの場を持ちたく、東京在住の本家側、貴殿のお越しを楽しみにしている」と案内状が届いた。禮次氏の実弟四郎氏も戦後始めての対面となり会食を交えて数々のお話を拝聴した。

ぜひ一度、故郷川並を訪ねたいと願っておられたが。実家の兄、安雄も一度お会

禮次氏法要時のスナップ

いしたいと念じつつ若くして他界、約束を果たせぬまま、禮次氏死亡の知らせが事後、大阪より届いた。

波乱の生涯は享年八十であった。菊代夫人は大阪から神奈川県鵠沼に転居され、書を良くされ孫たちに囲まれ、九十五歳の天寿を全うされた。ご子息次男健児氏は七十一歳で世を去られ、郷里訪問が果たせず年は過ぎ、郷里に住む実弟幾雄氏は郷土史に造詣が深く、川嶋家系図作成に尽力された。

私は還暦を迎えるに当たり、幾雄氏制作の家系図をベースに加筆修正、添え文完成を機に、健児氏夫人鶴子氏（書家）を始めて故郷川並にお誘いした。

鶴子氏と故郷墓参を果たす

重五郎の原点、彦根藩三十五万石国宝天守に登り、幕末百四十年を偲んで、翌日川並入りを果たした。

菩提寺福応寺を参詣、続いて墓地公園にある累代川島家の墓碑におもむき墓参を果たすことができた。参詣簿に従四位勲三等海軍主計大佐川島禮次、次男健児夫人川島鶴子、神奈川県藤沢市鵠沼と明記して禮次氏の悲願を果たした。実家安雄の長男修司氏、実弟幾雄氏を交えて料亭孫兵衛（納屋孫）で故郷の珍味を食し、尽きぬ語らいに時を惜しみ、豪商塚本家、金堂外村家、近江商人館と巡り、故郷墓参の旅を終えた。

終日、車での送迎、案内と労を惜しまずお世話いただいた修司氏、幾雄氏にお礼

鶴子氏と彦根城

を申し上げ、能登川駅で別れを惜しんだ。鶴子氏は実家のある大阪にと、東西に分かれて車中の人になった。

――文中の海軍時代は以前に書き溜めてあったものに加筆、修正し、体験記の構成とした。勝海舟との出会いに時間を要した。
禮次氏夫人、菊代氏と同年齢に達し、感無量。

合掌

令和五年六月

川嶋定雄　九十五歳

※姓（名字）の変遷

川島⇩川嶋に、昭和二十一（一九四六）年、戦乱で焼失せし役場、役所の全国戸籍改めが実施され、墓碑名の「川嶋」を記載したのが、戸籍上の川嶋に登記され通称名となる。

本屋の戦後五十年

終戦の地、小名浜の海軍十七突撃隊「海龍」特攻基地より復員。上野駅の荒れ果てたホームから、廃墟と化した下町、両国のドーム（旧国技館）が見えた。二度と東京に来ることもあるまいと、東京駅から一路、西下帰京するも、六カ月が過ぎ一年近く経過すると、田舎に居りては復学もかなわず。何かを求めたいと京・大阪へと職を求めたが、特攻くずれの若者に心を癒す職場はなかった。

大津の東レに四カ月、京都の保険会社に六カ月在職。二度目の夏に図らずも、戦中東京三鷹の軍需工場で知り合った同郷の小野氏（今は亡き小野書店社長）と郷里で再会した。

氏は戦前より呉服商を営んでおられたが、当時衣料品は統制で自由に商いができず本屋を始めたとのことで、索漠とした戦後に知的文化のにおいに触れ、ためらうことなくお手伝いしましょうと申し出た。支配人として本屋をおまかせするということで上京したが、当時は東京への転入ができず、同居ということでお世話になった。

書店業界では、戦後の出版の自由を求めて活字に飢えた読者が書店に群がった。版元は水を得た魚のように活況を呈するも、紙の統制で大量販売時代まではかなりの年月を要した。

当時は書店の数も少なく、企業努力で読者の要求を満たした。勢い仕入れにウェイトを置き、淡路町の日配からの送りでは到底満たすことができず、神田村に日参。雑誌はハラコー、松島書店、岩波に強い鈴木書店など、それぞれに馴染みの店に通った。売上げの現金を仕入れに持ち歩き、大手版元にも自転車で廻ったが、十冊も確保した時の喜びが、その日の疲れを癒した。

忘れてならないのは、街の復興に励んだ、物言わぬ商人たちの尊い汗と努力だ。下町はB29の猛爆により廃墟と化したが、瓦礫の山を片付け店舗を造り、商店街を築いていった。早朝秘かに箱車で焼土を何回となく道路に運び出す。それぞれに残土整理を行なうので、道路は残土でボタ山と化し交通を遮った。区の土木課は一台の車とリヤカーで延々と残土整理に没頭し、復興まで数年を要した。まず銀座通りから都電が開通、全線開通にはさらに一年ほどかかった。半世紀の歳月は風化し忘れ去られようとしている。

(全国書店新聞　平成七年九月六日号　掲載)

青春時代を過ごした小野書店

国敗れて変わらぬ山河、故郷に復員。

軍政下の日本、天皇の終戦御聖断がなければ復員は出来なかったであろう。「軍国・君主主義」から一転「民主主義」に占領下の日本はG・H・Qの支配下にすべての制度改革を断行。日本国憲法、教育制度から財閥解体、農地改革と不在地主は土地を失い、農地解放制度で農業立国に転ずるも。生家川並は白壁、土蔵に囲まれた近江商人輩出地、商人魂が宿った感じを覚えた。

昭和二十三年二十一歳。省線御徒町駅から西へ台東区西町二丁目に伺った。

小野家長男邦造氏現在洋装店社長、佐竹商店街振興組合副理事長。当時五歳、お出会いいただいた覚えが蘇る。先輩店員さんに河合氏姉弟がおられ、呉服と本屋を営んでおられた。商人として知的文化の本屋に興味を覚えた。

小野氏夫人豊子氏も主婦の友社、書店指導係の郷《ごお》氏のお話などを聞かれ、伸長にともない法人化する。競争時代に入り、外商に販路を求め、店員なども入れ替わり増加した。

商社に販路を繋《つな》ぐ

小野捨三氏の実弟が小野英輔。氏は近江の八幡商業から伊藤忠商事に。八幡商業（八商）は伊藤忠兵衛の出身校で、忠兵衛子飼いの社員として大阪本社から神戸高商（現神戸商大）卒で戦前より海外で活躍され大戦勃発寸前、米国よりありったけの綿花を買い付け、最後の船便で帰国に成功せしお話もお聞きした。

戦後いち早くロンドンに支店を開き、欧州に販路を広めロンドン支社長として活躍された。東京支店に滞在中、佐竹の洋品店二階で一週間ほどご一緒、用心方として枕を共にしたことがあり。談笑まじりに東京銀行頭取に小野英輔。まったく同姓同名がおられ、間違われたことがあったと話されたことがあり、後にビートルズのジョン・レノンに嫁がれた小野洋子氏の父が小野英輔と知り、字は違うが、姪《めい》の陽子氏まで同姓同名で珍しいと思った。

英輔氏ロンドン帰任の際、伊藤忠東京支店に本を入れるようコンタクトして置くと言ってロンドンに赴任された。

伊藤忠との取引が始まるも、当時東京支店は日本橋堀留町の三階の小さなビルで二、三箇所に分室があり、注文を取って廻った。

越後社長の頃、本町昭和通りに高層（九階）ビル東京本社が竣工。派遣社員として海外駐在員への発送業務も体験した。

次期社長をの、小野英輔氏ロンドンでは不快を恐れたガンに侵される。当時米国のジョン・フォスター・ダレスがガンでこの世を去り、その直後であり、直ぐに帰国し、慶応病院で帰らぬ人となり、惜しまれてならない。お住まい近くの阿佐ヶ谷の教会で準社葬が行なわれ遺族側として参列する。

結婚五十年の思い出

昭和三十一年十月六日、東京より郷里に妻を求めた。当時は自宅結婚式が主流であり、彼女も同郷であり、郷里の生家で行なう。当時貸衣装は考え及ばず、モーニング、コート一式新調。衣装ケースを東京駅小荷物扱い所より「チッキ」で送る。実家で兄の婚礼を参考にとりなしてくれた。前栽の植え込みに見物人が押しかけ田舎の古い風習が蘇る。

上京の途中、熱海下車。伊豆山温泉で二泊の新婚旅行を兼ね、東京久松町に居を構えた。当時東海道本線は全線電化の寸前の旅で、米原・沼津間は機関車の旅であったと思う。

半世紀の間に故里は村から町に、昨年、市に昇格。まさに感動の歴史であった。

現代のメディア、IT、情報化には感動は得られず、先月帰国していた末娘も、米国人の夫と共に「じゃね〜」と成田を旅立つ姿に隔世の感を覚える（平成十八年　記）。

続　本屋の戦後五十年

戦後まだ焼土の残る神田村で。三省堂の真裏に、二省堂（二昌堂？）なる間口一間半、奥行一間ほどの取次、いわゆる現金問屋が出現。当初は電灯線が引けず、しばらくして裸電球がまばゆく照らしていたかと思う。

当時リーダダイジェストが入手困難な時期に、いち早くRダイそっくりのデザインの、カトリックダイジェストを山積み。最初は仏教国日本にアメ思想とはと敬遠していたが、三対一くらいの抱き合わせでRダイをくれるとあれば、Rダイそのものもアメの訳であり、かなり無理して入手したものである。

当然売り残したCダイの後始末に大汗して各取次にしわよせ。さらばRダイが出廻った頃には、Cダイは自然と姿を消していった。ほどなく気がついてみれば、二省堂さん跡形もなく消えていた。
記憶では水野氏？　と名乗っておられ、腹巻を札束でふくらませ、三ノ輪方面より自転車で通っておられたように思う。ご健在ならばぜひお会いしたいものです。

（平成二十八年九月十日　記）

私が十三年お世話になりました

今は亡き小野さんとの出会いは半世紀前の歴史的出会いでございまして、東京府東京市が東京都に改変した頃です。

昭和十八年当時、北多摩郡三鷹町の軍需工場に勤労学徒として働いておりましたところ、図らずも小野さんが同じ職場に入ってこられました。たまたま事務所で名簿を見まして同郷の五個荘村川並出身とありまして驚きました。

小野家は川並に一軒しかなく、お家《うち》は存じておりました。ご母堂が当主を守り、主人や家族は都会で暮らし、農繁期に帰京する近江商人で面識もなく、どんな方かと好奇の目で見ておりましたが、大変穏やかな方で忽ち好感がもてたわけでした。

当時、物資が大変欠乏しており、衣食足りずの頃、小野さんが密かに「川島さん、ワイシャツ地がありますよ」と教えていただき、懇意にしていた五人ばかりに密かに譲っていただきました。それは当時としてはセンスに富んだライトブルーの人絹でありましたが、限りなくシルクに近い肌触りの良い生地に喜んだこと。ただ宝物を持っている豊かさのような思いで誰も仕立てようとはせず、大切にしたものです。

私は昭和十九年年秋に海軍航空隊に入隊しまして一年足らずのお付き合いでしたが、やがて戦後郷里に復員して大津の東レに努めたり、京都に行ったり、と戦後の生き方を模索していましたところ、帰郷中の小野さんと再会いたしまして、上野で呉服商をやっていて、最近本屋を始めたとのこと。ぜひお手伝いをしたいと二十二年上京しました。

しかし当時、東京への転入ができず小野さん宅に同居ということでお世話になったわけです。戦後の下町はB29による盲爆に焦土と化し、その瓦礫の片付け、まずバラックを建てる、その商人の勤勉さ、力強さ。

当時、佐竹には新築の二階店舗ができるも、裏側が残土でガス・水道の配管施設が徐々に復旧されるため、残土整理に早朝よりご主人お一人で黙々と乳母車の台車に板枠を造り、何回となく瓦礫を運び出す姿。

決して朝早く手伝ってくれとは申されず、その姿に自然と競ってそれ以上に働いたものです。

今日《こんにち》ある東京の姿は物言わぬ下町に生きた商人らの汗の結晶であり、一時代の体験は尊いと感謝しております。

また書店経営を思いのままにやってごらんと、責任を持たせてくださったこと。いつも「小野書店です」って通したため、訪問先の伊藤忠や、仕入先の神田村などではすっかり、私のことを小野さんと思っていたそうです。独立して「川島書店です」というと、養子にいかれたのですか？　といわれ苦笑したものです。

想い出多い小野書店や下町を捨て、世田谷に移りまして既に三十三年の歳月が過ぎ、当時を懐かしく回想しております。再々度の面会は叶わず、一周忌にめぐりご冥福をお祈りし、今後とも人との出会いを大切にしたいと願っております（平成六年四月三日　記）。

緑と品格のある街

昭和三十五年、総理大臣池田勇人は国民所得倍増計画を掲げ、四年後の東京オリンピックにすべてが躍動していた。翌年、図らずも奥沢に書店の空きが見つかる。周辺は石坂洋次郎の『陽のあたる坂道』や『自由が丘夫人』の名作で自由が丘・田園調布は有名で、奥沢・緑が丘も同等グレードの高い海軍村と、親戚の海軍出身の伯父が語ったことがあり、私もネービースピリットで奥沢に好感を抱く。

まず都心から大井町線で緑が丘駅手前の呑川と九品仏川の合流する渦巻く水が東工大の樹木の緑が光線で蒼く輝いて車窓に写った。綺麗な水だな～と感動した。今は暗渠化され見られない。

翌日、車で今の目黒通りに入ると急ピッチのオリンピック仕上げで、ビルのないだだっ広い大通りに驚く。柿の木坂まで出来、都立大から先は狭い道のまま都立大を左に入り、緑が丘・玉川奥澤一丁目三八一（今の奥沢二丁目）で書店を開業。

多くの諸先輩・著名人・今は亡き老提督とも文化を通じてお会いでき、人との出会いを大切に半世紀にして、お仲間入りできたかと感謝しています。

平成も十年ほど過ぎた頃、元海軍高官S家より入手せし、昭和十一年六月現在奥澤一丁目町會發行・會員名簿で今から七十五年前、二・二六事件時（現在一・二・三交和会）での範囲で会員一二五九名から海軍士官総覧照合、判明せし将官・高官は実に中将十八名、少将十六名、大佐二十名。終戦時階級に及び海軍村は提督村と称え得る価値を有するものであります。

特筆すべきは平成十九年より天皇・皇后両陛下お揃いで四度奥沢二丁目にお訪ねくだされ、非公式ご訪問で車列を作らず先導車と普通車二両のみの静かなご通過で車窓を全開、久しく手を振られ沿道の住民に接せられ奥沢二丁目メーンストリートを魅了した。奥沢二丁目某家にハープ（弦楽器）の調べとのご様子。すっかり奥沢のグレードの高さを誇らしめられた光景がありました。

終わりに恐懼《きょうく》の至りですが、創業時の崇高な理想を掲げ多くの読者のご声援をいただきながら後継者がなく、半世紀の書店業を閉じることにいたしました。今後も奥沢の住人としてお声がけ下されば幸いです（土・まち・みどり　おくさわ今と昔　第四五号　平成二三年十一月二日）。

佐伯泰英先生への手紙

突然の非礼をお許し下さい。

私、昨年まで書店を経営して居りました川嶋でございます。

長男が水澤工務店に居ます関係で、水澤工務店の保養所として（惜櫟荘）の北東側にあるマンション・アタミ・マリナー断崖に沿って建てた為、七階最上階が玄関受付になっておりまして、車はエレベーターで最下階に収納、再度上に出てくる仕組みで五階部分に水澤工務店の所有居がございまして、正につづら坂を三回ほど伺っております。

二回目かと存じますが、平成二十二年正月元日に珍しく熱海湾より打ち上げ花火が催され、ベランダに出て花火を眺めるも、熱海湾を覆う如く松の大木が邪魔だなあと呟いておったものです。勿論、惜櫟荘を当時知る由もなく。

平成二十二年『図書』七三五号「惜櫟荘だより――文豪のお手植えの……」を拝読びっくり、長男も既に知っているとの事で、毎号心待ち、翌二十三年正月に伺いましたところ、長男が此処ですと、養生シートが張り巡らされ拝見叶わず。

惜櫟荘だより――二〇一二年四月号最終の待ち遠しかったこと。六月末本巻上梓おめでとうございます。再度精読いたしております。

人間の営みを思うとき相模湾を一望、元日の初日の出、早朝の漁夫の櫓舟風景は……、市井の蟻人間にはその数日が心の癒しで、五十年の書店業を懐かしみ余生を過ごしております。

先生の偉業は本当にご立派……、益々のご健筆、そしてご健康を祈念申し上げます。


（平成二四年七月）

八十六歳からの絵画倶楽部

平成二十六年、「小学館アカデミー絵画倶楽部」二年間の通信講座課程修了。通学コース入学、銀座校で三年間のカリキュラム終え修学。

奥沢文化祭に出展作品

奥沢海軍村二題　今に残る海軍村の赤屋根と棕櫚。

東京都 川嶋定雄 様　第21回課題「風景を描く①」

課題テーマ／モチーフ写真の中から風景を選択し、グリザイユ的技法を用いて描く

before　ご提出作品

after　講師による添削

講評

絵具の使い方や木の色のつけ方、グリザイユ的技法（先に影の色の濃淡だけで描く技法）などをよく理解して実践できています。これまでに学んだことが生かされた、大変見応えのある作品です。緑色の明暗が美しく、大～小の形や粗密も意識され、心地良いリズムで描かれています。鉛筆の線が弱いので木々や葉、石仏の暗部に最大筆圧を使いましょう。石仏の衣紋など細かい形に加えると絵が引き締まります。画面右手と左下の緑に影の色を重ねて暗さを出すと遠近感が増します。これは明暗の差、コントラストが強いほど近く見えるからです。石仏にも暗さを加え、左右の緑と連絡させましょう。

添削ポイント

❶鉛筆の線が弱いので暗部に最大筆圧を加えましょう

❷近景の緑に暗さを足し、コントラストを強めて遠近感を出しましょう

❸石仏の明るさが孤立しないよう暗さを連絡させて仕上げましょう

海軍主計大佐と十七歳の少年兵

附―滋賀の川柳かるた

【気になる湖国滋賀の知名度を東京から俯瞰風に見た滋賀を川柳風のかるた組にしました】

（二〇二三・三・三　滋賀県出身　九十五歳　川嶋定雄　作）

あ　安土城　織田信長の　夢の跡

い　伊吹・比良　四季を彩《いろど》る　滋賀の顔

う　浮御堂　湖上に映える　手《て》額《わく》あて

え　愛《え》知《ち》川に　架《か》かる橋梁《きょうりょう》　重文だ

お　大津京　天智天皇　遷都《せんと》せし

か　かるた飛ぶ　近江神宮　蹴《け》鞠《まり》けり

き　錦秋の　湖東三山　永源寺

く　草津市は　街道交《まじ》わる　宿場町

け　県鳥は　湖面ゆきかう　カイツブリ

こ　甲賀里　忍者に信楽《しがらき》　究めたり

さ　三方よし　近江商人　見直《みなお》され
し　賤《しず》ケ岳　山頂からの　奥琵琶湖
す　鈴鹿麓《ろく》　蒲生氏郷《がもううじさと》　日野城跡
せ　聖人の　中江藤樹は　安曇《あど》の郷《さと》
そ　総本山　日吉大社の　山王祭
た　多賀大社　万燈祭と　太鼓橋《たいこ》
ち　竹生島　湖上に浮かぶ　長浜市
つ　月を愛《め》で　紫式部の　石山寺
て　手招きの　人気ひこにゃん　にゃんとうけ
と　豊《とみ》の里　五個荘界隈《かいわい》　気品あり
な　長浜に　羽柴秀吉　出世城
に　日本一　琵琶の水瓶《みずがめ》　三都汲《く》み
ぬ　ぬけられぬ　太郎坊宮の　石の幅《はば》
ね　粘土練り　信楽狸《たぬき》　うまく化《ば》け
の　のびのびの　男性長寿　日本一

は　八幡堀　秀次開く　城下町
ひ　彦根城　国宝天守　威厳あり
ふ　鮒ずしの　すし切り神事　守山市
へ　変貌の　近江路散策　都市化して
ほ　本尊の　秘仏権現　木之本地蔵
ま　万葉《まんにょう》　ロマンを秘めた　石塔寺
み　三井《みい》の寺　日本遺産に　選ばれし
む　百足《むかで》退治　俵藤太《たわらとうた》の　三上山
め　名刹《めいさつ》の　根本中堂　延暦寺
も　勿体《もったい》ない　滋賀の風土が　よく似合う
や　野洲出土　銅鐸《どうたく》最大　謎を秘め
ゆ　夕照に　煙たなびく　沖ノ島
よ　八日市　大凧《だこ》祭りで　街おこし
ら　乱世に　築けし山城　六角氏
り　龍潭寺　井伊直弼《なおすけ》公　ゆかり茶室

る　累進《るいしん》の　滋賀の知名度　少し上げ
れ　レ・レ・レンの　江州音頭は　豊郷から
ろ　轆轤《ろくろ》の技《わざ》　惟喬《これたか》親王　伝授され
わ　わきいでる　姉川河口　鮎遡上《あゆそじょう》

（東京滋賀県人会発行　滋賀県人第二〇二号　掲載）

来る電車　あわてて上がるも　逆ホーム

（二〇一九年一月　楽蔵川柳特選）

スマホ族　リニアもあきて　月にゆく

（二〇一九年十月　楽蔵川柳特選）

初夢の　いいとこ消えて　はじまりし

（二〇二〇年一月　楽蔵川柳特選）

番外―妻・和「零戦とわたし」

丸（先月号の本項）に、彦根近江絹糸の零戦の記事が載っているよ、と主人に言われ岡野様の記事を読みました。

当時の様子が詳細に記されており、感動し思わず編集部にお電話したところ、是非、前項の続編をということで思い出すまま書いてみました。

私が五個荘の淡海《たんかい》高等女学校へ入学したのは、昭和一七年四月のことでした。戦争もだんだんひどくなり、勉強どころではありませんでした。

農家の男子がつぎつぎと出征して、いなくなってしまうので私たちは、何人かのグループにわかれて麦刈や稲刈のお手伝いに行きました。

そうしているうちに一年先輩の人たちは、名古屋の三菱重工へ、私たちは彦根の

三菱製・零戦五二型

近江絹糸工場へと学徒報国隊として動員されました。飛行機の増産です。

近江絹糸工場には、私たち勤労学徒のほかに絹糸工場の女工さんたちも零戦の製造にあたっていました。私は五、六人のグループで、零戦の水平尾翼を造る係になりました。

鼓膜のやぶれるような騒音の中で、私は慣れない手つきで、エアードリルをもってジュラルミンの板に穴をあけ、そこに鋲を打つ作業に励みました。

それはたいへん真剣な作業でした。不良個所があれば、きびしくチェックし、鋲を打ち直して行き、どうにか水平尾翼は完成して行きました。

そして、胴体など各部分が組み立てられて、夢にまでみた零戦の完成です。完成した零戦は工場のすぐ裏の琵琶湖の岸からイカダにのせて運ばれます。

たしか夜だったと思いますが工場の人全員が見守る中を、私たちの造った零戦は、ゆっくりと湖面を動いて行きました。その行先は、私たちには知らされませんでしたが、私は乙女心にもこの零戦が、お国のために充分に活躍してくれることを願って止みませんでした。この零戦を見送るシーンは、とても感動的で忘れることはできません。

そのころ、私たちは工場の女子寮で寝とまりしておりましたが、B29による空襲は日増しに激しくなり、寮にも焼夷弾がおちはじめました。私たちは毎夜のように彦根城に避難していましたが、とても怖かったことをおぼえています。

食糧事情も悪く、今思えば家畜のエサよりもおとっていました。それでも、勝つことのみを信じて工場の作業に励んだのでございます。

終戦の一カ月ぐらい前からは工場の寮は、危険だと言うことで、自宅からかようようになりました。自宅から工場までは、電車にのって行きました。あるとき艦載機の機銃掃射を受け、電車が止まり、あわてて電車の下にもぐりこんだこともありました。そして、終戦になりましたが私はお国のために尽くしてきましただけに、残念でなりませんでした。

セーラー服にモンペ姿の女学生時代が、なつかしく思い出されますが、すでに昔語りとなった感じでございます。

――『丸』九月号　平成三年　五四二号　掲載

零戦とわたし

□川嶋　和

元近江絹糸工場学徒報国隊

丸（先月号の本項）に、彦根近江絹糸工場の零戦の記事が載っているよ、と主人に言われ岡野様の記事を読みました。

当時の様子が詳細に記されており、感動し思わず編集部にお電話したところ、是非、前項の続篇をということで思い出すまま書いてみました。

私が五個荘の淡海高等女学校へ入学したのは、昭和一七年四月のことでした。戦争もだんだんとひどくなり、勉強どころではありませんでした。

農家の男子がつぎつぎと出征して、いなくなってしまうので私たちは、何人かのグループにわかれて麦刈や稲刈のお手伝に行きました。

そうしているうちに一年先輩の人たちは、名古屋の三菱重工へ、私たちは彦根の近江絹糸工場へと学徒報国隊として動員されました。飛行機の増産です。

近江絹糸工場には、私たち勤労学徒のほかに絹糸工場の女工さんたちも零戦の製造にあたっていました。私は五、六人のグループで、零戦の水平尾翼を造る係になりました。

鼓膜のやぶれるような騒音の [illegible] エアードリルをもってジュラルミンの板に穴をあけ、そこに鋲を打つ作業に励みました。

それはたいへん真剣な作業でした。不良個所があれば、きびしくチェックし、鋲を打ち直して行き、どうにか水平尾翼は完成して行きました。

そして、胴体など各部分が組み立てられて、夢にまでみた零戦の完成です。完成した零戦は工場のすぐ裏の琵琶湖の岸からイカダにのせて運ばれます。

たしか夜だったと思いますが工場の人全員が見守る中を、私たちの造った零戦は、ゆっくりと湖面を動いて行きました。その行先は、私たちには知らされませんでしたが、私は乙女心にもこの零戦が、お国のために充 [illegible] て止みませんでした。この零戦を見送るシーンは、とても感動的で忘れることはできません。

そのころ、私たちは工場の女子寮で寝とまりしておりましたが、B29による空襲は日増しに激しくなり、寮にも焼夷弾がおちはじめました。私たちは、毎夜のように彦根城に避難していましたが、とても怖かったことをおぼえています。

食糧事状も悪く、今思えば家畜のエサよりおとっていました。それでも、勝つことのみを信じて工場の作業に励んだのでございます。

終戦の一ヵ月ぐらい前からは工場の寮は、危険だと言うことで、自宅からかようことになりました。自宅から工場までは、電車にのって行きましたが、あるとき艦載機の機銃掃射を受け、電車は止まり、あわてて電車の下にもぐりこんだこともありました。そして、終戦になりましたが私はお国のために尽くしてきただけに、残念でなりませんでした。

セーラー服にモンペ姿の女学生時代が、なつかしく思い出されますが、すでに昔語りとなっ [illegible]

女工たちの聖域「紡績工場」でつくられた「零戦」

――淡海高女　川嶋　和

昭和十九年中頃より一級上の方は三菱重工・名古屋に学徒報国隊として派遣され、私ども二年生は学年末頃から彦根の近江航空に派遣されました。

工場には他に彦根女専の方が二十名ほどおられ、男子生徒は近江実修学校の生徒さんたちですが、同じ職場ではありませんでした。

当時、彦根では近江絹絲が一番大きく広い敷地で、各工場の門には厳重に守衛さんが出入りをチェックしており、私たちは学生証を提示して工場に入りますが、学生証を見せて自由に出入りできるのを少々誇示したものでした。

工場はとても広く多勢の人が働いておられました。各区域に分かれ、区切りがあ

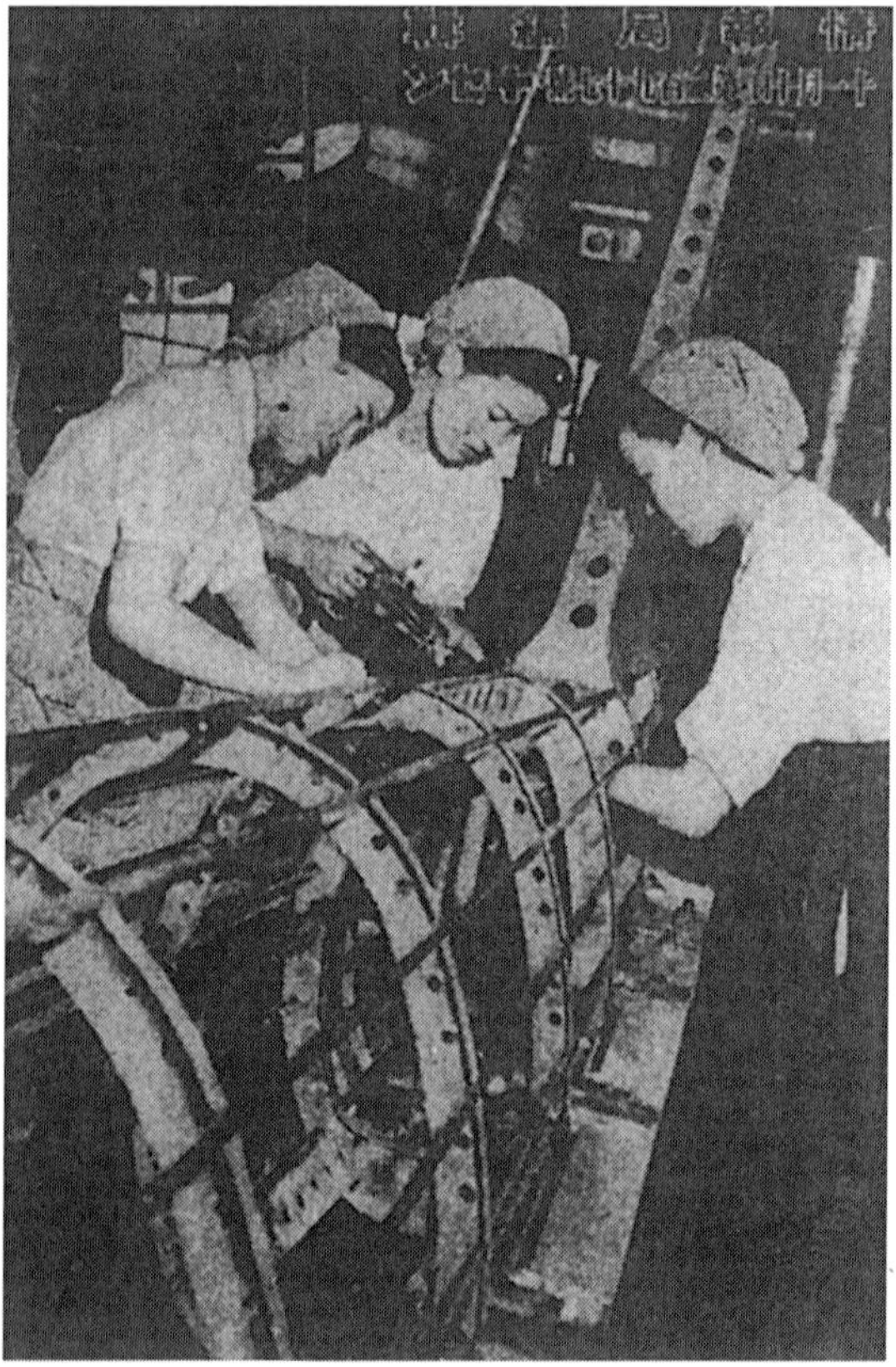

近江飛行機・零戦胴体リベット打ちの女工さんたち

りましたので他の区割へは行けず、私たちの職場のことしかわかりませんでした。

朝夕の点呼もきびしく、ときおり日曜日には大広間の仏間に集合したことなどが記憶に残っております。何しろ十五、十六歳の女学生で、純真そのものであり、教官の指示通りに動き、それ以外のことは全く知る由もありませんでした。

創業当時の川島書店

川嶋定雄（かわしま・さだお）

1927 年 12 月　滋賀県に生まれる。
1942 年　4 月　勤労学生として上京。
1944 年 10 月　河和海軍航空隊入隊。
1945 年　4 月　海軍嵐部隊第 17 突撃隊編入。
1945 年　8 月　終戦、出身地に復員。
1947 年　上京、小野書店を経て、
1961 年　川島書店　創業以後 50 年。
2011 年　書店業を閉じる。

現住所　東京都世田谷区奥沢 2 － 1 － 11

海軍主計大佐と十七歳の少年兵

2024 年 2 月 26 日　第 1 刷発行

著　者　川嶋定雄

発行者　濵　正史

発行所　株式会社元就《げんしゅう》出版社

〒 171-0022　東京都豊島区南池袋 4-20-9
サンロードビル 2F-B
電話 03-3986-7736　FAX 03-3987-2580

印刷所　モリモト印刷株式会社

ISBN978-4-86106-279-7　C0021